Romanceiro Popular

Vol. 1

Dados Internacionais de Catalogação na Publicação (C
(Câmara Brasileira do Livro, SP, Brasil)

Neme, José
Romanceiro popular : vol. 1 / José Neme. --
São Paulo : Ícone, 2009.

ISBN 978-85-274-1026-7

1. Contos folclóricos 2. Literatura folclórica
3. Romanceiros I. Título.

09-01033 CDD-398.2

Índices para catálogo sistemático:

1. Literatura folclórica 398.2

José Neme

Romanceiro Popular

Vol. 1

Capa
Rodnei de Oliveira Medeiros
baseada na pintura
"O Violeiro", 1899, *Óleo sobre tela,* de Almeida Júnior.

Diagramação
João Bosco

Revisão
Rosa Maria Cury Cardoso

ÍCONE EDITORA LTDA.
Rua Anhanguera, 56 – Barra Funda
CEP: 01135-000 – São Paulo/SP
Fone/Fax.: (11) 3392-7771
www.iconeeditora.com.br
iconevendas@iconeeditora.com.br

Obras do autor (inéditas):

Romanceiro Popular
Contos Populares de São Paulo,
Versão em oitavas (1999-2001) – Vol. II

Romanceiro Popular
Contos Populares de São Paulo,
Versão em oitavas (1999-2001) – Vol. III

De Quando o Capitão João de Calais Arou
Os Mares Bravios com Sua Nau Suntuosa
Farsa em redondilha maior (2002)

A Carta do Caminha
Uma versão popular brasileira em três cantos
em oitavas (2003)

A Demandança
Poema narrativo em quatro cantos e epílogo (2003-2007)

O Torneo Antre O Beêito Cavaleiro Abmis
E O Sobrevoso Bufo Rubrus
Arcaísmo em decassílabos (Anno Domini MMIIII)

Vincent, Horas Finais: Fragmentos
Poemeto-suíte (2005)

NOTA

Este trabalho é uma versão em oitavas em linguagem popular de contos populares colhidos por Aluísio de Almeida e constantes do seu livro "50 Contos Populares de São Paulo", edição de 1947 (Empresa Gráfica da Revista dos Tribunais Ltda.).

Na apresentação de sua obra, Aluísio de Almeida, em duas passagens, escreve: – "Colher as tradições antes que se percam é agora a primeira coisa a fazer." e "Também porque desejávamos agradar a maioria dos leitores, principalmente as crianças, para quem procuramos salvar do esquecimento as boas e limpas histórias antigas, cem por cento brasileiras de São Paulo."

Esta versão visa a manter vivo esse rico acervo da literatura oral paulista.

O Autor

À memória dos meus pais
e da minha mulher

ABDO

MISSERA

MERCEDES

[“ENQUANTO OS VAGOS RIOS
FOREM-SE AO MAR, ENQUANTO EM GIRO A SOMBRA
VIER DO MONTE AO VALE, ENQUANTO O POLO
PASCER OS ASTROS, ONDE QUER QUE EU VIVA
VIVERÁ COM LOUVOR TEU NOME E FAMA.”

VIRGÍLIO, *ENEIDA*, LIVRO I

Vibram por toda parte
Todos os corações à luz celeste e clara:
Cada qual na sua fala
Canta a sua ladainha,
Por que não posso eu também cantar a minha?

Goethe, *Fausto*

DE COMO O ADIVINHADOR ACHOU AS JOIAS DO REI

Diz-que uma certa vez teve um homem usurário,
Num reinado, que se-fez por si e era ricão,
Muito mesmo, mas não era o milionário
Humanitário, nem tinha bom coração,
Invés espertalhão e, mui pelo contrário,
Gajo useiro e vezeiro em engambelação.
Certa feita, mandou escrever um informe,
Lá na frente da sua casa, bem grande e enorme.

Dizia assim o escrito pra bem informar:
"Adivinha-se Tudo Etecétera e Tal".
Sempre teve (hoje é igual) quem cobiçar,
Desejar cousas dos outros, é natural.
Tinha uma inveja tal naquele lugar,
Que era a fortuna alheia até mesmo imoral.
Assim foram contar para o Rei de uma vez
Sobre o reclame que aquele ricaço fez.

O soberano que, no que isto ouviu, querendo
Ficou muito saber se ele era verdadeiro,
Se embusteiro, mandou chamar ele correndo.
Estava havendo roubo de muito dinheiro,
Joias, coisas do Reino e, por isso, fazendo
Que o rei quisesse tudo, e depressa e ligeiro,
De volta, que seria bem pago o adivinhante
Que achasse logo o vil ladrão e meliante.

Lhe disse: – Você vai pra cela recolhido,
Será bem acolhido em minha boa cozinha:
Como vontade minha, lhe é exigido
Encontrar em três dias o bandido da minha
Riqueza, aí o fuinha estará bem perdido,
Senão melhor é dar adeus à cabecinha.
Isto o coitado lá se foi para a prisão,
E agarrou matutar como achar o ladrão.

Mas a verdade é que os cujos eram três,
Todos serventes lá mesmo do tal reinado.
Pra um plano bem bolado, e escapar desta vez,
De-mansinho talvez se safar do enroscado,
Principiou pensar no amargado xadrez,
Aí o creco botou para agir apressado.
Mas o gozado é que, justo no primeiro
Dia do duro martírio em triste cativeiro,

Um cujo por ofício isto foi lá levar
E dar a refeição para o prisioneiro,
Que a pegou cheio de dor, logo se pôs manjar
Parafusando como escapar do atoleiro.
Comia assim meio alheio, se meteu lamentar:
– Eis que vejo chegar bem agora o primeiro!
(Se referia ao seu duro primeiro dia
Dos três que o soberano lhe marcado havia.)

Malemal isto ouviu, o larápio-criado
Rápido pressentiu (e bem que estava vendo)
Que o roubo tinha já sido desmascarado,
Saiu desembestado e qual louco sofrendo,
Tremendo foi contar pros outros o escutado.
Isto ficaram lá todos três padecendo,
Só diziam, em tal situação tão inglória:
– Não é que o tal está sabendo toda história!

Aí no segundo dia foi o outro, curioso,
Receoso, levar, e sofria que sofria,
A comida pro tal estranho misterioso,
Ardiloso, e o coitado ali tremia, tremia
Feito uma vara verde e esperaria, nervoso,
Pela revelação que o engenhoso faria.
O ricão retomou o tristonho lamento:
– O primeiro já foi deste grande tormento.

– Hoje é o segundo, ai! que amargo sofrimento!
Que me arrebento! – disse o servo e, esbaforido,
Muito afligido, mais veloz que o próprio vento,
Foi contar no momento o que lá tinha ouvido
Do sabido pros seus companheiros do evento.
Exclamaram os tais cum gemido sofrido:
– Pobre da gente! Estamos de fato encrencados.
Amanhã todos nós seremos entregados.

Implorando perdão, se abriram ao ricão.
Ouviu com atenção e se saiu com essa:
– Entendi, mas porém tem certa condição:
Tragam tudo pra mim, tudinho, cada peça,
E dessa história não abram o bico não.
Trouxeram todos bens e mais do que depressa.
No terceiro dia, foi levado pra se ver
O que, perante o Rei, tinha para dizer.

O Rei perguntou: – Já descobriu o ladrão?
– Sim, foi e disse o ricão pra Real Majestade,
Pra eles peço, porém, caridade e perdão,
Inda vossa tão nobre e augusta bondade.
Só que, em verdade, não é um, mas sim três são.
Imploro-lhes clemência e vossa piedade,
Isso porque eis que aqui está vossa riqueza,
Cada valor tal qual roubado da Realeza.

O Rei viu cum olhão o monte reluzente
E cintilante de ouro e grã estimação,
Brilhando ali assim bem na sua nobre frente.
Daí, nem crendo lá no que via, tão mas tão
Alegre ficou, tão radiante e contente,
Que aos meliantes deu o seu real perdão.
Depois premiou logo o adivinhador
Cum mimo fino, rico e de muito valor.

DE COMO A BARATINHA ACHOU UM TOSTÃO E QUIS CASAR

Diz-que uma certa vez quando, uma dada feita,
Varria a Baratinha o chão com atenção,
Cuidando do lar qual uma patroa perfeita,
Aconteceu que achou uma moeda de tostão.
Comprou logo um vestido e mais que satisfeita
Depressinha foi se sentar no seu portão.
Agarrou perguntar: – Quem quer casar comigo?
O Boi aí pegou e disse: – Aceito, isso le digo.

Queria a Baratinha uns dados, assuntou,
Perguntou: – Como é o ronco de você?
Isto o Boi respondeu bem assim e falou:
– Preste bem atenção, mu, mu, mu, você vê?
– Cruz-credo, arre! Não é que muito me assustou
Esse mugido feio quenem não sei o quê!
Voltou a repetir: – Inda que mal pergunto,
Prosseguindo no seu matrimonial assunto,

Quem quer casar comigo? Assim vá já pedindo.
– Eu! aí pegou e falou disposto seu Carneiro.
– De-noite como é que você faz dormindo?
– Bé, bé, bé, bé, eis meu zunido e meu vozeiro.
– Ara! que troço sem graça que estou ouvindo!
Ih! vá caindo fora e leve seu mau cheiro.
– Quem quer casar comigo? Entonces renovou
A Baratinha seu pedido, isto escutou:

– Eu! então respondeu agora o Cachorrinho.
– De-noite, já sozinho e quando está dormindo,
Qual é lá o ruído e o som do seu ronquinho?
– Au, au...
– Menino, não me está mesmo servindo!
Que susto! Vá-se já, já com seu latidinho;
Pode ir caindo fora e vá daqui sumindo.
– Quem quer casar comigo? Outra vez renovou
A Baratinha seu pedido, isto escutou:

– Eu! João Ratão lá disse entrando na roda.
– Diga como é seu ronco quando dormindo.
– Chuim, chuim! Está ouvindo a minha moda?
– Não é nada ruim! E toda alegre e rindo:
– Ara! Você me serve. E trataram da boda.
Ratão arrumou-se todo belo e mui lindo,
Vestiu seu terno preto e, todinho gabola,
Arranjou até par de luvas e cartola.

Nisto ele farejou um cheiro de feijão,
Que vinha tão bom lá da cozinha, cozia
Com bem gordo toucinho em cima do fogão.
E ao levantar a tampa, e no que isto fazia,
Que triste sina, bam! caiu no caldeirão.
O belo grude já fervia que mais fervia,
Foi e ferventou Ratão, ferventou, ferventou,
Burbuiou, burbuiou, até que o cozinhou.

Co sumiço do tal guloso prometido,
Todo mundo ficou aflito, com cuidados,
Os convidados vão na busca do sumido,
Todos com muita ânsia e muito preocupados.
Como o xereta já tinha sido cozido,
Foi à toa procurar ele em todos os lados.
A Baratinha, pobre infeliz, ai! ficou
Triste e, sem que fazer, chorou que mais chorou.

DE COMO O BICHO PACUERA COMEU O HOMEM E O CAÇADOR

Diz-que uma certa vez teve homem imprudente,
Que dormia sempre com a sua janela aberta.
Isto surgiu um dia, assim tão derrepente,
Bicho Pacuera pé ante pé, fera esperta.
Jarera! olé!, olé!, poque, poque, isto que o ente
Vinha pitando seu cachimbo muito alerta,
Logo, logo chegou na janela assuntando
No que ia seu canto, com voz potente, entoando:

– Jarera! olé! olé! jarera! olé! olé!
Vai, o tal acordou assustado, apressado,
Quis, coitado, só que não podia dar no pé,
Melhor era ficar quieto com o danado,
Fedendo por demais de tão fedido que é,
Encarando ele ali cara-feia lado a lado,
Mas não adiantou nada, tremeu que tremeu,
O Pacuera matou ele e o pobre comeu.

Isto aí enfincou a cabeça do homem bem
No cachimbo, fumava e poque, poque, ara! ara!
Enjeitou a pacuera, ora porque porém
Não come ela, e a espetou na ponta da taquara.
Daí chegaram dois caçadores também,
Sua cachorrada foi fuçar logo na vara
A fressura, e se ouvia do Pacuera o banzé,
No que saindo dali: – Jarera! olé! olé!

Disse um caçador: – Vou comer a tripa quente.
– Aguente bem no toco, isso é coisa malvada,
O amigo retrucou num conselho prudente.
– Não aturo esta fome ardente de danada!
E a buchada comeu mesmo sendo de gente.
Depois foram dormir, janela escancarada:
Não durou, o faminto lá se retorcia
De cólicas da má fressura e só gemia.

O colega acordou e viu com muito medo
O parceiro caído a penar que só-vendo,
Se estorcendo de dor, era mesmo arremedo
De gente, e o infeliz estava morrendo.
– Jarera! olé! olé! Pacuera voltou azedo,
Vinha que vinha o tal devorador horrendo,
Saltou, juque! e comeu o cujo todo inteiro,
Só seus bofes deixou na vara do terreiro.

Diz-que uma certa vez teve homem imprudente,
Que dormia sempre com a sua janela aberta.
Isto surgiu um dia, assim tão derrepente,
Bicho Pacuera pé ante pé, fera esperta.
Jarera! olé! olé! poque, poque, isto que o ente
Vinha pitando seu cachimbo muito alerta...
A história toda pois de-novo recomeça
Mais uma vez até que o nenê adormeça.

DE COMO JOÃO BOBO ESCAPOU DA FORCA

Diz-que uma certa vez moço tolo existiu,
Tão bocó, nunca visto igual, apelidado
João Bobo e, coitado, um dia a mãe lhe pediu
E insistiu pra vender ovos lá no mercado
Por um preço bem caro, o que não conseguiu.
Não achado o valor que foi recomendado,
Ele pegou e no rio os ovos atirou,
E pra mãe, tiririca, isto pegou e falou:

– Estou triste, bem triste e vou já me enforcar.
Corda aí arrumou, e foi dar a laçada
Numa árvore copada e suou pra arrumar
E atar o nó, porém ela foi amarrada
Frouxa na sua barriga e agarrou balangar,
E se via lá que não sucedia mesmo nada.
A mãe logo explicou que estava tudo errado,
Que o laço devia ser bem melhor arranjado:

Lhe disse que era mais em cima com nó grosso,
Porém João só ria, e com manha descarada
Nunca dava a laçada certa no pescoço.
Isto almoçou, saiu vender a galinhada:
– Cadê as galinhas? Isto a mãe indagou o moço.
– Gavião que comeu, foi essa a resposta dada.
Vai, a velha falou-lhe que ele precisava
Mesmo de se matar e bom jeito ela dava.

Ensinou: – Pegue um duro e forte pilão;
Me dá que eu vou botar lá no alto do telhado
O disgramado e vá esperá-lo no chão.
Nisso eu solto o pilão e, como é pesado,
O danado então cai sobre seu cabeção,
Você aí vai pro além inteirinho quebrado.
Fez como lhe ensinado e João Bobo enfim,
Talvez quem sabe, não era tão tonto assim,

Pois que ele bem que dava, e de caso pensado,
Pulo esperto de lado, e sempre se safava;
A mãe voltou teimar coa forca pro danado,
E o pescoço do filho isto forte enlaçava,
Ele afrouxava o laço e deixava folgado,
E o enforcamento nunca ocorria nem se dava.
A velha uma hora foi e descorçou co safado,
Cansou de querer ver o seu filho enforcado.

DE COMO O BOI NÃO QUIS TRABALHAR NO DOMINGO

Diz-que uma certa vez senhor de engenho, dado
E mal-acostumado a mui desrespeitar,
Sem mesmo se importar, o dia santificado,
Houve e forçava o tal, era um nunca acabar,
Nos domingos, e sem guardar o feriado,
Seus empregados sempre e sempre trabalhar.
Era uma coisa dum despropósito só,
Uma judiação de dar muita pena e dó.

Certo domingo, bem cedinho, ele mandou
E ordenou seu escravo ir logo no cercado
Buscar o Boi, um pé lá, outro cá, falou.
Mas, o animal teimou e se fez de rogado,
Revoltado, soltou: – É domingo, não vou,
Não trabalho hoje, não sou, ora essa! obrigado.
O moleque voltou tinindo: – Patrão, digo,
O Boi disse é domingo e não conte comigo.

O senhor lá ficou irritado e zangado,
Enfezado, berrou: – Um abuso na certa.
Mais esta! Volte lá, traga-me ele arrastado,
Vou-le meter o dedo em sua ferida aberta.
A Cachorrinha, que ali chegou com cuidado,
Só prestando atenção, arisca e bem alerta,
Pegou, desembuchou: – É a pura verdade,
Digo-le o que escutei coa mor sinceridade.

O fazendeiro aí ficou mais furioso,
Muito, muito nervoso, irado e barulhento,
Foi no mesmo momento, e bastante raivoso,
Pegar ali detrás da porta um instrumento:
Era Mão-de-Pilão, objeto doloroso,
Pra dar à intrometida um belo ensinamento.
O senhor apanhou logo a Mão-de-Pilão,
E flechou louco atrás dela quenem rojão.

Mas entretanto a Mão-de-Pilão aí falou:
– Pobre da Cachorrinha, eu agora vou ver
Como ela vai fazer para escapar, e indagou:
– Se vou mesmo le dar surra, quero saber,
É meu dever, pois mui preocupada estou,
Antes se vai ou não vai a tal me morder!
É um caso espantoso e bastante pitoco.
E querem saber mais? E sem rabo nem toco!

DE COMO É BOM PARA LADINO SER LADINO E MEIO

Diz-que uma certa vez casal de velhos, dado
Ao zelo de mudar de lugar seu caixão
De moedas de ouro, teve, o qual, com mui cuidado,
Escondia ele bem guardado de ladrão,
E seria caso-sério para ser achado
Em todo tempo e ainda em toda ocasião.
Porém, uma quadrilha ali andava à cata
De cousas de valor de ouro e mesmo de prata.

E já operava há tempos nas redondezas:
O larápio-chefe era um tal mui decidido
Para surrupiar todas quaisquer riquezas,
E que se achava muito astuto e mais sabido
E se julgava cheio de manhas e espertezas.
Armou plano e falou aos demais o bandido
Que os colegas mui bem quietinhos ficassem
E que todos ali fora então aguardassem.

E ele iria e no lar do casal penetrava
Pra saber o lugar onde estava guardado
O ouro, e nesse meio-tempo outro também entrava.
Entrou. Da sala foi pro quarto acautelado,
Buscou por todo lado e nadinha encontrava.
O casal dormia lá um sono mui pesado:
O gatuno daí fez cosquinhas coa mão
Na sola dos pés da velha, acordava não,

Pois ela nem sequer sentiu a coçadela,
Também não reagiu quando doutra tentada.
O chefe pegou, deu cutucão com cautela
Na costela do velho, este não notou nada.
Nisso ele iniciou uma nova esparrela:
Cochichou, pra deixar ela meio avisada,
Na orelha dela tal como se fosse o esposo:
– Sabe, tem um ladrão em casa perigoso.

– Porém, pode ficar todinha sossegada,
Só diga onde você guardou nossa riqueza.
– Ora essa, homem de Deus! Que coisa arrevesada!
Ara! Foi dentro lá do forno com certeza.
Não se lembra mais? – disse a velha admirada.
O facínora-chefe, alegre coa destreza,
Foi logo pra cozinha e no forno fuçou,
E justo bem no fundo o tesouro enxergou.

Isto o velho acordou e a velha despertou:
– Homem, você foi lá apanhar o tesouro?
– Que negócio de louco esse, seu! – exclamou,
E bufou o avarento igual qual bravo touro.
– Gozado, mesmo agora há pouco me acabou
De perguntar pra mim onde estava nosso ouro.
– Eu que não! Você fez a besteira e contou?
– Ué! você me acordou, dum bandido falou.

Pé ante pé, o velho isto foi na cozinha
Onde tinham guardado o seu rico tesouro.
Catou um saco e, com simulada vozinha,
Como se seu comparsa, pedia as moedas de ouro.
De costas, não notando o chefe a manhazinha,
Foi passando elas. Pondo-as no saco de couro,
O velho só dizia baixinho e cochichando
Que estava recebendo as peças e guardando.

Depois se escondeu com o que o tal lhe entregou;
Isto o ladrão se foi cos outros se juntar,
Agarrou indagar: – Você que cochichou
No forno e me pediu para as moedas le dar?
– Vá se catar! Você está besta e sonhou.
– Foi você aí, hein? Prosseguiu assuntar.
– Não, eu também que não! Você está perdendo
O juízo, siô! Foi logo lhe respondendo.

Aí foi aquela louca e grande estrepulia,
Ocorria que ninguém estava co tesouro,
Saco de couro nem nada, ninguém sabia,
A coisa já ardia, onde foi parar o ouro.
Concluíram: alguém, um ou outro, podia
Estar engambelando, e seria um desdouro:
Sobraram bofetões para todos os lados,
E foram muitos, mas muitos ossos quebrados,

Muito sangue jorrou, soaram berros e urros,
Os brutos cada vez mais bem desconfiados,
Trocaram entre si sopapos e mais murros,
Pancadaria da grossa, insultos mui pesados,
Se xingavam também disso, daquilo e burros,
Até que eles enfim pararam de cansados.
O avarento casal, co saco de ouro cheio,
Gabava: – Pra ladino, só ladino e meio.

DE COMO O COCHEIRO DO HOMEM RICO ENGANOU O REI

Diz-que uma certa vez teve um rico, vizinho
Dum palácio, era alegre, o Rei não aturava:
– Tragam – ordenou – já, já aqui o talzinho;
Se preciso, debaixo até de vara brava.
Intimou o soberano o seu real meirinho
Pra fazer direitinho aquilo que mandava.
Quando o coitado foi levado pela Lei,
Sentiu bem assustado a dureza do Rei:

– Olhe aqui, estou três enigmas le lançando
Pra decifrar e não ter um fim de enforcado.
Estou prazo de três dias ora le fixando,
Ou vou le pendurando e mui bem pendurado.
Voltou descorçoado em bica tão suando,
E o tempo isso fluía correndo pro azarado.
– Patrão, o quê que se passa que tanto sente.
Que anda todo caído e parece doente?

Lhe perguntou assim seu servente-cocheiro.
Ele principiou dizer para o empregado:
– Esse nosso Rei é danado e muito arteiro,
Pois um mau torneio foi por ele me lançado.
Prosseguindo, narrou tudinho por inteiro,
Os enigmas se pôs contar dado por dado:
– Primeiro: "Quanto pesa a Terra toda inteira?"
Como poderei dar a resposta certeira?

Como serei capaz de certo responder,
Se dúvida não há que sei muito bem eu
Da aritmética tudo enfim desconhecer,
Seus números, também todo mistério seu?
Matemática foi sempre meu padecer!
Segundo: "Que valor tenho e inda peso meu?"
Como saber do Rei valor e peso seus,
Homem muito importante, quase mesmo um deus?

Terceiro: "O quê que agora eu estou cá pensando?"
Nem pra Nosso Senhor rezando hei de saber
E dizer o que o Rei vai na hora matutando!
Sua Alteza, ara! está desejando é ver
Minha mulher viúva e sofrendo e penando,
Minha casa arruinada mesmo pra valer!
Eis, portanto, a razão deste meu sofrimento,
Que pedaço de rei temos pra meu tormento!

– Patrão, sei o desafio – isso disse o criado,
Mas, porém, só mediante alguma condição
Posso dar o que o Rei quer ver solucionado.
– Guspa as respostas, disse, e prestou atenção.
– Mas não tem – respondeu – um isto de intrincado;
Escute bem aqui minha proposição:
– Primeiro pois você me passa no cartório
Todas as posses sem mais nenhum palavrório.

– Segundo, você, pra disfarce, me empresta essa
Casaca, o chapéu coco e também a gravata,
Suas cousas mais boas para eu me livrar dessa
Minha roupa, que é disgranhenta e barata.
Você vira cocheiro e, armada esta boa peça,
Vamos para o palácio encenar a bravata.
– Sim, melhor pobre vivo a ser um rico morto
Na forca – concordou – com o pescoço torto.

Quando daí chegou o dia determinado,
Foram, como devia, e com o sangue ardente,
Bem velozmente pro palácio do Reinado.
Estacaram no largo-e-jardim bem em frente,
Que já estava assim de povo ali juntado,
Tagarelando, dando os vivas bem contente,
Porque gostava mui de adivinhas ouvir
E às respostas às perguntas assistir.

O povo estava ali de fato aglomerado,
Mas ansiado mesmo era pra ver dançando,
Balangando na forca, o pobre do enforcado.
O cocheiro, chegado, aí foi-se apresentando,
Falando ante o real estrado ali montado:
– Estou aqui propondo agora pra ir-vos dando
As respostas a cada enigma formulado
E livre serei se acertar o perguntado.

Por sua vez disse o Rei: – Vamos agora ver:
– Que peso deve ter a Terra toda inteira?
Disse o cocheiro: Pra bem certo responder,
Pedras e paus tirai antes como primeira
Medida pra poder pesar. Ia o Rei fazer
Cara de quem comeu e não gostou da maneira
Do cocheiro, porém já o povo aplaudia
A resposta sabida entonces que ele ouvia.

O soberano não teve outro meio senão
Continuar a prova já com a certeza
Que estava resolvida a primeira questão.
Deu de mão: – Quero agora, e com melhor clareza,
Veja, qual o meu peso e o meu valor então?
E o cocheiro: – O valor que possuís Vossa Alteza
É mais que o de Jesus e de Sua Santidade?
– Nunca! – aceitou o Rei até com humildade.

– Muito certo estais – disse o cocheiro – e falando
De fato sem engano a mais pura verdade.
Se Cristo, ara! morreu na amarga cruz penando
Traição por trinta vis dinheiros, Majestade,
Vosso valor não é, inda o peso somando,
Mais que o da traição, essa é a realidade!
O Rei fez uhn! olhou feio, meio encafifado,
Mas teve de acatar o argumento bem dado.

O Rei: – Diga o que estou bem agora pensando!
– Pois com certo alguém, o Fulano de Tal,
Disse o cocheiro, vós pensais que estais falando,
Mas, porém, é sem dúvida um erro real,
Pois estais afinal cum cocheiro tratando;
Na boleia do seu carro o amo está no portal
Do palácio do nosso excelso soberano,
Só buscar ele lá pra desfazer o engano.

Trouxeram. Se explicou toda aquela esperteza.
Vai, o Rei perdoou o patrão e o cocheiro;
Em seguida, aplaudiu a marota proeza,
Depois pra ambos os dois deu montes de dinheiro
Mui satisfeito coas respostas com justeza.
Então decretou folga o dia todinho inteiro
E o povo distraiu-se muito em pura glória
E acabou-se esta vera e famanada história.

DE COMO SE SOUBE DO PRIMEIRO CAIPORA QUE HOUVE

Diz-que uma certa vez, já faz tempo (não tinha
Dantes arma boa, só trabucos mui pesados,
Cano de boca larga e nem espingardinha
De espoleta havia duns tirinhos disgramados,
Careciam de fogo em mecha torcidinha,
Qual uma candeia, pra serem bem disparados),
Deu-se, assim sem mais, que um caçador se perdeu,
E nem soube também como isso aconteceu.

Andou que mais andou, vai, na mata fechada,
Não mui distanciada, enxergou uma gruta.
A tarde, já escura, ia bastante avançada,
A caverna era mais ou menos lá batuta:
Melhor, imaginou, ter pousada abrigada;
No entrar pra dentro deu de cara cuma bruta
Duma mulher bem feia, mui peluda (que espanto!),
Cuidando ali dos seus sete filhos num canto.

Cercada do seu gado, ali tudo fedia,
Tinha uma cara! Mas não jeito de má gente.
(Era a primeira vez na certa que o ente via
E tinha na sua frente um humano presente.)
Deveras, mas melhor olhando, parecia
Que não era nem bicho e nem pessoa aparente.
O fogão ardia quente, as lenhas estalando,
Ela restos de caça estava moqueando.

Deu para ele um pedaço, ele aí se serviu.
Eis que ela percebeu que o marido Caipora
Chegava da caçada, e grão medo sentiu.
Avistou logo o tal e pensou é agora,
Disse: – Ara! ara! Que meu patrão aqui surgiu.
Não gostou o caçador que foi bem naquela hora,
Foi agarrando seu trabuco bem esperto,
O peludo isto vinha e vinha, chegou perto.

O caçador armou a arma, foi e atirou:
Bum! Isto que acertou o troncudo bichão
Bem justinho no meio da testa, tonteou,
O tiro o deixou sem sentido e direção,
Capengou, capengou, a besta estorcegou,
Gemeu que mais gemeu, se esborrachou no chão.
Depois deu lancinante e enfezado rugido,
Mas, porém, foi ver só estava meio ferido.

O diacho é qual um gigante, quando andando,
Anda com os dois pés tal semelhando gente,
Corpo bem arqueado, e caminha gingando,
Pelos grandes e tem presas em vez de dente.
Ao se mover pra frente, ele vai balangando,
Não carece também de roupa fria nem quente.
Só o embigo lhe está à mostra descobrido,
Seu ponto fraco é aí como hoje é sabido.

Apenas por ali que pode ser matado
Cum tiro calculado e carga reforçada.
Visão escurentada ele se ergueu zangado
E bastante amolado e, a ferida tratada,
Tateou pela estrada e, mui encolerizado,
Se afincou na saída (que é também a entrada),
Pra não deixar por nada o estrangeiro fugir.
A fera se encheu de ódio, isto agarrou rugir.

O tempo foi passando e ele mui atarefado
Em não deixar sair o tal desconhecido.
De-manhã logo cedo, ao ir pra fora o gado
Pro pasto, cada qual deles era sentido
E medido ao passar pela porta ao seu lado,
Que todo e qualquer bicho era seu conhecido.
Relava daí a mão sobre cada animal,
Dizia carneiro tal, esta cabra é tal.

Espreitava com mui cuidado e mui cautela,
Isso porque temia que o tal estranho agora
Arrumasse algum meio para uma escapadela.
Mas a mulher queria que ele fosse embora,
Daí matutou até que achou um jeito de ela
Acabar de uma vez com tal aflição na hora:
Catou a pele dum carneiro pra fazer
Que ele se fosse sem o esposo perceber.

Vestiu ele coa pele e aí, de quatro pés,
De bicho ele se fez, e assim o caçador
Foi-se indo com temor talequal uma rês,
Passou e pinicou, se refez do pavor.
O Caipora foi visto esta primeira vez,
Desdaí que começou a espalhar seu terror,
Se enfiou bem no meio das gentes de-mansinho,
E aquele que uma só vez topa co talzinho

Nunca jamais esquece a fria ferocidade
Do "homem selvagem" dum olho só bem no meio
Da testa, tão peludo, e de mui grã maldade.
Quem viu diz que ele é muito mas muito feio.
O Caipora hoje em dia vive até na cidade,
Pobre daquele um, ai! ai! que dá cum em cheio
Bem no meio lá do seu caminho. Isto o Caipora
Vai que vai, vai que vai, agarra ele e devora.

DE COMO O FILHO CAÇULA VIROU AFILHADO DO DIABO

Diz-que uma certa vez, com mui filho criado,
Casal houve com onze, essa a pura verdade!
Quando outro veio, não quisto, menos esperado,
A mulher deu o recado, eis que na sua idade,
Santa caridade! era um fardo bem pesado.
Também não havia mais padrinhos na cidade:
O marido agarrou aí coçar a cabeça,
Fez uhn! Era de fato um problemão à beça.

Disse entonces que o filho, o pobre do coitado,
Não seria enjeitado, nem pagão, ora essa!
Na praça pediria pro primeiro encontrado.
O cavalo encilhou e saiu na maior pressa:
Nem bem galopeou meia légua disparado,
Com homem, que do nada apareceu, tropeça,
Senhor ajaezado e muito bem vestido:
Lhe disse adeus e fez ali no ato o pedido.

– Com prazer, estou sim à sua disposição
E saiba, meu patrão, você que faz favor,
O estranho aceitou logo a solicitação
(Era decerto o cão o cujo tal senhor):
– Marque data que irei coa mor satisfação,
Meu afilhado vai ter proteção e amor.
Teve muita alegria naquele batizado,
A coisa toda lá correu qual programado.

O padrinho foi mui cortês e carinhoso,
Prestimoso, e mostrou ter bastante cuidado.
Na hora de se ir, também o demo foi zeloso:
– Guardem e cuidem bem do meu novo afilhado
(Pediu interessado e muito atencioso),
Que, quando ele crescer e já jovem formado,
Vou levar ele pros estudos e fazer
Dele um homem de grã cultura e mui saber.

O tempo passou logo e bastante depressa.
Isto o capeta lá veio para reclamar,
Justo no dia dos seus sete anos sem mais essa,
O afilhado, pois era hora já de o levar.
Choraram sem parar: – Leve ele na promessa
De ser do Bom Jesus, que dele vai cuidar.
Teve mais choradeira até que enfim deixaram
O padrinho levá-lo como combinaram.

Padrinho, por pior que seja, é o reto,
Nunca deseja pro seu dileto afilhado
Fazer mal, ao contrário, e deve dar afeto
E carinho pra sempre ele ser bem tratado.
A intenção do danado era ser mui correto,
Por isso, não levou, como dantes pensado,
Pra sua casa no Inferno o inocente menino:
– Ara! Pra que assustar o pobre pequenino?

Em vez, foi internar o jovem, e seria
Em um colégio ali da freguesia afamado,
Destinado pra moço, e que já existia
Fazia séculos, mui mas mui conceituado.
Recomendou que lhe dessem sabedoria,
E melhor serventia, e fosse bem educado.
Antes de se ir, também disse que ele devia
Ser doutor em Direito ou em Agronomia.

Ora! ora! ora! Não é que o rapaz teve mais
Foi tão assaz vontade enorme de estudar
Pra padre se tornar, e contou só pros pais.
A alegria foi demais, agarraram rezar
E orar com devoção sete pelos-sinais
Para a felicidade jamais acabar.
Inda por alguns dias se penitenciaram,
E aquela graça muito eles abençoaram.

O garoto se pôs estudar, estudar
Sem parar, jamais deu mostra de estar cansado,
Fez mui duro trabalho até se diplomar.
No findar de seu curso, e padre já sagrado,
O diabo apareceu pra buscá-lo e levar.
Soube da novidade ali pelo afilhado,
Tudo como se deu, etecétera e tal:
– Agora você é mais forte que meu mal,

Disse o tição, e emendou: – É grande seu poder!
Ouviu: – Não pode ser, meu bondoso padrinho.
Contou o cão: – Sou o fute, é hora de saber.
– Só sei – replicou – que o senhor me foi bonzinho,
Seu falar esquisito aí só me faz sofrer.
– Não vamos percorrer nunca o mesmo caminho,
Falou o tal, são seus méritos mais que os meus,
Agora você é do Exército de Deus!

– Vamos nos despedir, cada um para o seu lado,
Porém antes le dou um bom conselho e rogo:
Pense três vezes ante um fato apresentado,
Nunca decida mesmo apressado, tão logo,
Pra não cair em logro e assim ser enganado.
Isto vamos dizer bem agora até-logo.
O padre aí tocou pra sua vila natal,
Foi para o lar dos seus pais naquele local.

Ficava logo ali, não muito arretirado,
Chegava felizardo e contente da vida.
Vinha que vinha muito e bastante apressado
Nos passos pra rever a família querida.
No portão, ia bater, mas, como orientado
Pelo padrinho, com a cautela devida,
Pensou primeira vez antes da decisão.
E pela fechadura olhou: Triste visão!

Enxergou sua mãe lá dentro feliz, sentada,
Bem-arrumada, cum moço bonito e atento,
Com barba mui bem-feita e mais melhor tratada.
Era grande a alegria dos dois no mesmo assento:
– Que vejo! Minha mãe não é bem-comportada?
Esse não é meu pai! (teve tal pensamento),
Será que minha mãe, meu Deus!, não é direita,
É pecadora, só dada a coisa malfeita?

Isto, quando ia bater, hesitou, se alembrou
Da lição do padrinho antes da solução,
Entonce vacilou, segunda vez pensou.
Olhou de novo e deu com a mesma visão.
Estava assim para ir-se, e até imaginou
Vaguear pelo mundo em peregrinação.
Mas, na terceira vez, bateu, quando atendido,
Foi muito bem mas bem mesmo lá recebido.

Foram abraços só, e beijos, muitos ais
Como nunca jamais, e veio a explicação
(Foi tal seu bem-estar que não acabava mais):
– Eis o seu irmão mais novo (era o rapagão).
O padre tão feliz na casa dos seus pais,
Novos abraços, mais alegria e emoção.
Isto chegou o pai, que se encontrava fora,
Logo quis saber toda a história na mesma hora:

Como era o padre, mais também onde vivia
Aquele seu padrinho e de grande bondade,
Quem que seria de fato e quem que não seria,
Sumido desde que fez seus sete anos de idade?
Contou para a família aquilo que sabia,
Quem era seu padrinho e o que era de verdade.
O susto foi bem grande, e maior a surpresa,
E espantaram o mal com muita, muita reza.

Refeitos aí do baque e de tal comoção,
Foi só contentamento e bastante alegria.
No domingo, na igreja, e com grã devoção,
Ele subiu no altar e disse missa pia
(O coroinha incenso espargia), um sermão
Fez com muita fé, deu sua bênção, e seria
Breve escolhido, pra geral felicidade,
O cura da Paróquia antiga da cidade.

DE COMO "CEM ANOS NA VOSSA PRESENÇA SÃO COMO SE NÃO FOSSEM"

Diz-que uma certa vez um colégio-convento
Teve, onde o cozinheiro era frade, um Irmão,
Assim, de acordo pois com o regulamento,
Não tinha ordem de missa e menos de sermão.
O Cozinheiro só tinha bom sentimento,
Que dizia sua oração, e com grã devoção,
Mesmo quando mexia e lidava na cozinha,
E cada vez crescia mais a fé que ele tinha.

Uma vez escutou dos padres na despensa,
Quanto à Eternidade, uma certa leitura
Que fizeram, coa mais devota e pura crença,
Do seguinte episódio escrito na Escritura:
– "Santo Senhor, cem anos na Vossa Presença
São como se eles não fossem", e nesta altura
Se encalacrou todinho em assunto tão sério,
A frase lhe virou um tão grande mistério.

Ficou imaginando o trecho lá ouvido
E, por nada entender e nem compreender,
Ao Senhor implorou lhe fosse permitido
De tudo aquilo bem conhecer e saber.
No alvorecer dum dia, quando foi, distraído,
Cheiros na horta apanhar pro tempero fazer,
Veio cantar, bem nos seus canteiros, um mui lindo
Passarinho, mas tão lindo, e ficou ouvindo

Os ledos gorjeios, tão compenetrado e grave,
Do pássaro de som divino, que esqueceu
(Nem percebeu devido ao canto daquela ave)
Seu dever como frade: ali permaneceu,
Pela coisa não deu, foi andando suave
E seguindo pela horta a canção que o envolveu.
Isto a ave se assustou e voou prontamente,
Mas logo pousou noutra árvore brandamente.

Cantava mais e mais que cantava a avezinha,
Aí bateu asas, foi-se despertando o Irmão,
Que resolveu voltar pro fogão na cozinha
Cos cheiros que colheu e trazia na sua mão,
Justo apanhados que foram naquela horinha,
Saboreando ainda a canora canção.
Porém, qual não foi lá a sua grande surpresa,
Tudo tinha mudado em toda redondeza!

Tiraram do lugar até a sua cozinha,
Tudo era diferente e nem reconhecia.
Isto viu um Irmão, que visto nunca tinha,
Se espantou co que via e assistia, não sabia
O que ali ocorria e acontecendo vinha:
Foi ao Superior saber o quê que havia.
Durante a prosa e no que conversa vai e vem,
O prior resolveu aclarar tudo bem.

Os padres do convento em volta dele estavam,
Prestavam atenção nos cheiros em sua mão,
Desconheciam quais as razões que causavam
E provocavam toda aquela confusão.
As verduras mostrou, que inda tanto cheiravam,
Mui perfumosas, disse aí que tinha, não
Faz muito, ido justinho bem nesta mesma hora
Para elas apanhar, porém, quando lá fora,

Ocorreu que uns gorjeios maviosos ouviu
E depois enxergou a graciosa avezinha,
Que, cantante, na chácra entonces surgiu
E se distraiu com aquela belezinha,
Que, apressadinha, foi-se e súbito sumiu.
Agora assim noção das coisas mais não tinha.
– É capaz de dizer seu nome no momento?
Isto lhe interrogou o chefe do convento.

– Na casa dos meus pais, meu nome era João,
O Cozinheiro foi e agarrou informar
E contar, mas aqui é Antônio, meu Irmão.
Diante disso, o prior mandou logo buscar
(Só assim acharia correta explicação)
Os velhos livros das crônicas do lugar
Pra clarear o que acabava de saber,
Esclarecer o caso e tudo compreender.

Alguém lembrou que os mais velhos antes contavam
Que, faz tempo, existiu ali antigamente
Um cozinheiro (santo homem quenem falavam),
Antônio se chamava e sumiu derrepente:
Toda busca foi feita em vão, nem atinavam
Como o pobre assim se foi tão estranhamente.
Lendo páginas dum livro, já esmaecido,
Souberam que fazia cem anos o ocorrido.

O Cozinheiro-Irmão isto entendeu os seus
Problemas com um tão grande contentamento:
Ficou sabendo pois como para o Bom Deus,
Com o tempo em eterno giro e movimento,
Cem anos não são mais que um momento ante os Céus.
Antônio teve o seu último sacramento,
A alma à glória subiu, sua vida encerrou,
Seu corpo puro à terra enfim ele entregou.

DE COMO O CACHORRO DO MATO SE FEZ DE MORTO

Diz-que uma certa vez cachorro fuçador,
Do mato, bem malandro, inventou se fingir
De morto no caminho usual dum pescador
Na estrada, pra, coa mor manha, se usufruir
E se nutrir do seu trabalho e suor
E treinou bem a cena antes de lá surgir.
Não durou nada, aí o homem apareceu
Com a pesca do dia que o grande mar lhe deu.

Vinha cum burro que vinha bem carregado,
Abarrotado coa saborosa tainha,
Que trazia para sua casa muito cansado,
E era a carga total que ele pescado tinha.
Depois dessa grã lida e trabalho danado,
Dizia as orações para sua boa Santinha,
Entonce viu o cão no chão: – Vou apanhá-lo,
Pensou, levar comigo e depois enterrá-lo.

Catou o tal, botou dentro da cesta feita
De vime, tocou pra frente eis que pressa tinha,
Para o cachorro a coisa isso saía perfeita:
Na espreita, ele metia quenem mão a patinha,
Escondidinha, e com tal arte bem malfeita
Ia afanando o que conseguia de tainha
E pinchando no meio do leito ali da estrada.
Aí saltou quando achou bem boa a porção furtada.

No caminho de volta, ele vinha comendo
Elas, alegria não contendo, e inda contou
Prosa, roncou grandeza, o focinho lambendo,
Aos seus colegas disse como surripiou
E tudinho explicou, com um prazer ardendo,
Como o tal pescador tapiou e enganou.
Um deles, um cachorro ingênuo e mui pateta,
Gabou que era capaz de pregar igual peta.

O homem, chegando em seu velho e antigo barraco,
Deu pelo fato que foi pelo cão logrado,
Soltou palavrão tão mas tão, deu o cavaco.
Fulo de raiva por ter sido engambelado,
Enfezado, jurou que ia pegar o velhaco.
Noutro dia, vinha bem cuidadoso e avisado,
Quando topou com o tal cachorro bobão
Se fazendo de morto estendido no chão.

Catou um bom pau por ali de porte tal,
Berrou um tão brutal e mui furioso urro
E desceu ele lá com tudo no animal,
Ainda por mal lhe sapecou muito murro.
Prometendo de pés juntos dar, sem igual,
Aquela tunda nesse um tonto muito burro,
Bateu que mais bateu quanto deu pra bater.
Só dizia: – Isso é pra você aprender!

DE COMO O CÁGADO ESCAPOU DA ONÇA PELO LAJEADO

Diz-que uma certa vez ano de seca e fome
Teve pra homem e pra bicho de todo porte,
Feio feito a morte, e só mesmo invocando o nome
De Deus para tentar mudar essa má sorte
E trazer bem urgente algo bom que se come,
Mais água de beber nessa estiagem forte.
A Onça só bambeava e mais que bambeava,
Trocava pernas, tão zonza mal caminhava.

Sob causticante sol no céu em pleno pino,
Não comia isso-aquilo há mais de uma semana
E, coisa estranha, nem via coelho pequenino,
Nem mesmo um ovo, nem inda uma ratazana.
A barrigona sua roncava e, já sem tino,
Só podia estar mesmo virando um banana.
Não demorou, topou co Cágado folgado,
Lhe botou a mão bem no seu duro costado:

– Se prepare, meu caro amigo, pra morrer,
Bom dizer a oração de adeus – foi-lhe falando.
O Cágado agarrou pensar o que fazer,
Viu um restinho d'água ali murmurejando
Nas pedras, lajeado aparentava ser.
Virou pra Onça e falou, como se conformando:
– Minha amiga Onça, até aceito meu destino,
Viva o mais forte dos bichos, o ágil felino.

– Que sirvo pra matar sua fome é sabido,
Mas antes um favor suplico a Vossa Alteza.
E a Onça: – Faça pois logo entonce seu pedido.
– Não me esmague com sua mortal e forte presa,
Pediu, essa a esmola que le rogo encarecido,
Antes lá de eu estar bem morto com certeza.
Apelo à sua destreza e a todo seu cuidado,
Porque assim vou ter um fim menos disgramado.

E a Onça: – Como pois vou, ara! le matar antes?
– Todas artes direito eu vou já le ensinar,
Respondeu. Deixe-me rezar por uns instantes,
Depois me leve ao meio do corgo devagar,
Onde há as pedras mais pontudas e possantes;
Isto pronto, é só coas garras me catar
E aí me espatifar de encontro ao lajeado.
E a Onça: – Vou le atender como solicitado.

A Onça aí agarrou ele, que foi pinchado
Nas rijas pedras tal qual como rogado a ela:
Sua casca dura só soltou um estalado,
Zonzo, o Cágado deu uma escorregadela,
Mergulhou, se safou lá pelo lajeado
Numa espetacular ladina escapadela!
A Onça até hoje está, quenem tonta, na espera
Assim de brava, tão brava feito uma fera.

DE COMO O CONDENADO À FORCA VIROU ESTÁTUA DE PEDRA

Diz-que uma certa vez teve moço que traído
Foi em Juízo por pessoas e suas artimanhas,
E por tal covardia foi levado prendido,
Pois inventaram contra ele coisas estranhas.
Naquela fria prisão, onde estava detido,
Sentia a dura dor da traição nas entranhas.
Entonces, toda tarde um menino surgia,
Proseava por demais com ele, aí sumia.

Era seu Anjo da Guarda, o qual mui bem zelava
E olhava pelo tal do moço injustiçado
E querelado errado, e muito o consolava
E afirmava que não seria mesmo enforcado,
No laço do algoz, por mais que lhe caminhava
Ruim seu caso, que o erro seria consertado.
Mas, porém, enquanto isso a Justiça e futricas
Tramavam mais e mais malvadezas e tricas.

Inúmeras e más precatórias lhe vão
Para cá, para lá, que o feito isto atraiu
Até o Rei, que cobrou logo uma explicação.
Botou toda atenção na ação (nunca se viu
Litígio com tal barulho e confusão),
Notícias ao juiz do processo pediu,
Só que tudo isso não lhe foi suficiente,
As provas eram contra o coitado inocente.

Nisto chegou o dia do triste enforcamento.
O Anjo da Guarda veio logo com ele ter
Para consolar seu padecer e tormento:
– Você na forca não há mesmo de morrer.
Na hora do vamos ver, nesse exato momento,
O carrasco, co laço em sua mão, vai dizer
"Eternamente". Aí você responderá
Bem assim: – Ai de mim! Em pedra ficará!

O povaréu ia já na praça reunindo
Para assistir, zunindo, à fúnebre parada.
O Rei coa Tropa de Linha isto vinha vindo
Pra assumir a tribuna que ali foi armada.
Ia o inocente já agora lá subindo
Pra forca, pra cumprir sentença viciada,
Degrau após degrau, lamentando tal mal
Da Justiça real e do seu Tribunal.

O encapuzado algoz agarrou colocar
Corda e atar nó no seu pescoço e anunciou:
– "Eternamente". Pronto! Era a hora de lembrar
Do Anjo da Guarda. Disse: Ai de mim! – e emendou:
– Em pedra ficará! Isto foi só falar,
Nem bem acabou, daí no ato se transformou,
Naquele mesmo instante, em uma estátua crua
De pedra dura, e foi só confusão na rua!

O Rei pois o milagre ali presenciou
E atestou a injustiça atroz que recebeu
E sofreu o rapaz pelo que não pecou.
E todo mundo na hora aí compreendeu
Que foi uma tão vil fraude que se lhe armou
E essa triste lição o Reinado aprendeu.
A estátua está até hoje naquela praça
Como lembrança mui sublime duma graça.

DE COMO SÃO PEDRO ENSINOU A SOVINA A FAZER SOPA DE PEDRAS

Diz-que uma certa vez São Pedro, ao pôr-do-sol,
Chegou na casa de uma sovina, pegou
E pediu pouso. Ouviu: Le serve o paiol?
– Me serve – respondeu – muito grato le sou
Pela bondade. Foi e juntou trecos e anzol,
Pescador como ele era, e tudo acomodou.
Arranchado, aí foi e armou, ali no chão,
Trempe com três paus e pendurou o caldeirão.

Meteu nele água, fez fogo, ela só olhando,
E na espreita quieta, não dizendo nada,
Curiosidade mui grande lhe comichando.
São Pedro arranjou por ali uma mãozada
De pedras, botou n'água já lá maquinando
Boa manha pra unha-de-fome ser tapiada.
Loguinho a coisa já estava burbuiando
E a miserável firme ali só observando.

Não conseguindo lá segurar, nem contendo
A curiosice, que lhe ia remoendo brava,
Assuntava que mais assuntava só-vendo!,
Querendo mui saber o que significava
Tudo aquilo, indagou: – Nada estou entendendo,
Se possível dizer-me (por dentro queimava!)
O que quer dizer tudo isso, oh! mas que diacho
Tão esquisito que mais parece um despacho!

– Sopa de pedras, isso o bom Santo informou.
– Pedras!? Ela espantou-se co aquilo que ouvia.
– Pois não sabia? Você vai provar, afirmou,
Minha comida, que é que como todo dia.
A admiração lá dela subia, pensou:
– Se aprendesse, que bela economia faria!
São Pedro falou pra ela: – Fique bem aí,
Que minha sopa é saborosa e daqui!

Pegaram conversar, ele ia arquitetando
Plano para engordar a sopa e aquela zinha
Distrair. Pretendia (e ela ir engambelando)
Pedir aos poucos isto, aquilo e mais coisinha
Que a sovina tivesse ali meio que sobrando:
– Pois você teria sal e um pouco de salsinha
Pra mor de minha sopa a gente melhorar?
Na hora ela pegou e foi na cozinha buscar.

Trouxe. Não demorou muito isto novamente
Disse que uns cheiros, mais algum dente de alio,
Não fariam mal pro caldo já bem fervente.
Logo ela foi pegar os cheiros e o alio.
Vieram. De soslaio, ele pediu: – Somente
Mais um pouquinho de gordura e algum paio.
Vieram. Logo a sopa isto estava que estava
Tão boa, mui tentador o aroma que exalava.

São Pedro, com um modo entonce meio arteiro,
Fez com jeitinho mais um pedido velado:
– Que tal, pra melhorar da sopa gosto e cheiro,
Naco inteiro do seu bom toucinho curado,
Mais um gomo de sua linguiça de fumeiro,
Para a gente botar neste meu ensopado?
Vieram. A tal da sopa ficou perfeita.
Ah! ela gostou tanto até quis a receita!

DE COMO O CAPITÃO JOÃO DE CALAIS VIVEU ALGUMAS AVENTURAS

Diz-que uma certa vez no antanho, inda singrava
Nau de piratas maus, existiu um soberano
Justo e lhano que, com mui bondade, reinava
E fazia crescer seu Reinado ano após ano.
Um dia consultou seu filho, que se chamava
João de Calais, pra evitar algum engano
Quanto ao futuro dele, e saber que queria:
– Capitão de navio! ouviu. Assim seria.

Daí mandou fabricar rico e lindo navio,
Mui belo de se ver e nunca jamais visto
Pelos súditos, tão cheio de tanto atavio,
E deu ele pro filho amado e mui benquisto.
Decidido a sair logo pro mar bravio,
Pronta a tripulação, e tudo já revisto,
João pegou e encheu a bela embarcação,
Supriu bem seu navio com mui grande porção

De fazendas, montão de bugigangas, certos
Mantimentos e grãos, partiu presse mundão,
Navegou um tempão por oceanos incertos,
Chegou no Reino tal, e que triste visão
Que viu de tanto horror cos olhos boquiabertos:
Era um cadáver já em decomposição
De um ser humano ali morto, todo estendido
No frio chão de deixar o coração partido.

Corvos bicudos isto o comiam inteiro,
Ninguém ligava pro coitado decaído.
De Calais indagou, condoído, ao primeiro
Que alheio passava ali, qual o real sentido
Do quadro repulsivo e de muito mau cheiro,
O infeliz se acabando inútil, exaurido,
E nos bicos das más aves se espedaçava,
E por que ninguém co aquilo se importava?

Ouviu isto: – Não é falta de caridade.
(E soube mais: por lei, quem morria, sem pagar
As contas, recebia lá naquela cidade
Tal pena dura e o povo inda podia zombar,
O corpo atirar na praça sem piedade
Pra pelas aves ser comido até findar.)
– E se alguém, perguntou, lá se comprometer
O débito pagar, que pode acontecer?

Lhe disse o cidadão que o pagador teria
A regalia de ter o direito e o poder
De enterrá-lo. João falou que já iria
No palácio, eis que gostaria de saber
O débito do morto, isso porque queria
Aquela situação de fato resolver,
Que seria gesto humano e de cristã bondade
Pagar para livrar ele da crueldade.

Atendeu-o o escrivão junto co tesoureiro:
Dois mais um noves fora, e teve o resultado,
Conheceu o valor da dívida em dinheiro.
Pagou ligeiro toda a conta do coitado,
Enterrou ele meio comido meio inteiro.
Aí vendeu e comprou bem naquele Reinado,
Voltou muito feliz dessa soberania,
E o pai-rei recebeu ele com alegria.

II

Não durou, inventou fazer nova viagem,
Mas, porém, seguiria um destino fortuito.
Barco enchido, zarpou para uma outra paragem,
Chegou bem num país, lá negociou muito,
Viu isto mais aquilo e vendeu a bagagem,
Ficou contente porque alcançou bem seu intuito.
Na volta, calhou ver, já em pleno alto-mar,
Nau de pirata, que se pôs se aproximar.

Ficou pronto pra tudo que desse e viesse.
Não devia ter receio com nenhum ato vil,
O pirata gritou, e que nada temesse,
Chegasse à sua nau, não tinha nenhum ardil.
Foi. Mostrou-lhe o navio, e que inda conhecesse,
Disse, certa donzela especial e gentil,
Era filha do Rei da Sicília, mui bela,
E sua criada também, que se chamava Izabela.

Disse em segredo o tal que tinha informação
Que havia compensação por aquele primor.
João de Calais, sendo um de bom coração,
Pagou logo com puro ouro ao salteador,
Terror dos mares, todo o completo quinhão
Do preço do resgate em todo seu valor
Cobrado pela moça cativa e, apressado,
Levou-a com a aia pro navio ao lado ancorado.

Quando já ia no meio da sua longa viagem,
Antes de tocar num porto, isto sucedeu
Que ele se derreteu por tão bela visagem,
Que também com amor a ele correspondeu.
Daí quando ele fez a primeira ancoragem,
Foi caçar padre assim que na terra desceu,
Porque naquele tempo, isso é bem notório,
Não tinha casamento em livro de cartório.

Quando o Capitão mais a esposa retornaram,
Pro Rei contaram tudo (e foi aquela surpresa!),
Este e toda a Nobreza isto não aprovaram,
E ficaram também na dúvida e incerteza.
Quem podia saber se ela era nobre, indagaram.
Apenas podia ser safadeza e esperteza
Do pirata pra só valorizar o preço
Da presa, aí não lhe demonstraram apreço.

O príncipe, por isso, andava mui infeliz,
Nova viagem quis fazer coa embarcação
Pra dúvida tirar, mas disse ela: – Que fiz
Para merecer isto? E fez um barulhão,
Se descabelou, não era o que sempre quis,
Que ia ficar lá sozinha, inda sem proteção.
E, mais a mais, ninguém queria ela na Corte,
Ver-se sem ele ali seria pior que a morte.

De Calais, com jeitinho e grã diplomacia,
Consolou-a, pois teria sempre à disposição
Izabela, sua boa dama de companhia.
Só se conformaria com uma condição,
Disse ela. Ele aceitou de imediato, e seria:
– Fizesse seu retrato, em dourada armação,
Co filho que nasceu, faz pouco, no castelo,
Teteia de menino e só-vendo que belo!

Pintado o quadro dela e filho lado a lado,
O Capitão depois o retrato poria
No escritório da nau, lá seria pendurado.
Assim, tudo aprontado, ele pois partiria
Com o belo navio que iria atopetado,
Até mais não poder, de mui mercadoria.
Despediu da mulher, beijou o pequeno amado,
Pediu bênção ao Rei, zarpou bem equipado.

III

Desta vez sabia aonde ia: no porto chegando,
A licença rogou logo pra se atracar;
Feito isso, foi depois ligeiro perguntando
Se ali era a Sicília no se apresentar
O Prático, que foi diligente informando
Que sim, mas quis saber que queria do lugar.
Que vinha, João de Calais esclareceu,
A negócios, e o agente bem o recebeu.

Isto depois cuidou de arriar o velame
Da nau de grande porte, a qual, é bem verdade,
Chamava a atenção lá dum verdadeiro enxame
De gente, e a confusão tomou toda a cidade.
Com óculo de alcance, o Rei local exame
Fez do navio com a maior curiosidade.
Por soldados, mandou ordens ao Capitão
Para ir vê-lo depois de toda atracação.

De Calais concordou: – Informem que eu irei.
Vocês sabem dizer o quê que isso será?
– Lá você saberá, só cumprimos a lei.
Ou por bem ou por mal, é preciso ir já, já.
No patamar real já aguardava o Rei.
João bem apressado, um pé cá, outro lá,
Foi. Logo que chegou, pegou, falou: – Dizei,
Meu Rei, que desejais que tal atenderei.

De Calais em seguida isto ficou sabendo
Que o soberano só desejava e queria
Visitar o navio suntuoso que só-vendo!
Tão belo e portentoso o vulto que exibia.
Era isso o que pedia e, cortês, atendendo,
Daí João marcou hora pois pro outro dia.
As cornetas então soaram estridentes,
Ao raiar da manhã, tão mas tão imponentes.

O Rei seguiu, e junto ia também a Nobreza,
Pra praia, conduzindo-o escolta real forte;
Não tirava o olho ali da mui enorme beleza.
Em nave ajaezada, e de alto e nobre porte,
Foram pra embarcação de camanha grandeza.
De Calais recebeu bem respeitoso a Corte,
O soberano só espiava admirado
O barco aparatoso e de grande calado.

No escritório isto entrou junto co Capitão
E topou, que visão!, co quadro pendurado.
Que susto levou, mas controlou a emoção.
Ficou mirando e, com discrição, um velado
Sinal ele aí fez aos pares com a mão
Pra não darem na vista o fato revelado.
Chamou o Capitão de lado, e lhe pediu,
Gentil, pra ir ao palácio, após o que partiu.

Agarraram pensar quê que havia sucedido.
Será que aconteceu qualquer coisa de mal,
Que João afinal tivesse cometido?
O Rei o recebeu em sua sala real,
Lhe disse, paternal, que o tinha ali trazido
Pra pedir um informe: – Amigo, ora que tal
Me contar sua história inteira, de maneira
Que seja a mais fiel e toda verdadeira?

Nisso João, agora um tanto aliviado,
Narrou sua aventura e não esqueceu nada,
Inda por fim contou como tinha comprado
A esposa, o preço pago, e junto veio a criada,
Como casou coa amada em ato abençoado
E aquele quadro é da mulher resgatada.
Nesta altura, por grã experiência, sabia
O soberano assim que o moço não mentia.

João aí prosseguiu e disse mais agora:
– O facínora só, Majestade, dizia,
E eu não tinha lá meio de saber naquela hora,
Que a jovem era filha estimada, e insistia,
De Vossa Alteza, e eu, estando há tempos fora,
Ante história tão cheia de tanta fantasia,
Achei melhor livrá-la logo da tristeza.
– É a Princesa Mera e de mui alta nobreza!

Disse o Rei, e João, que tão bem conhecia
Os costumes tal qual filho também de rei,
Se ajoelhou aos pés dele como devia,
Casado tinha e não seguiu rito da lei:
– Mil perdões porque me precipitei, pedia,
Porém, contudo, por ela me enamorei.
Resolveram daí, na hora, que o Capitão
A esposa iria buscar, e sem retardação,

Também o filho e tudo isso melhor quanto antes.
A boa-nova assim foi depressa anunciada,
O Reino retomou o júbilo de dantes,
Exultante e feliz com a jovem salvada
Dos malvados, ruins piratas meliantes,
Os quais roubaram ela e presa foi levada.
Logo a praça se encheu de festa e cantoria,
O povo era uma só e mui grande alegria.

IV

Aí De Calais partiu com a sua nau ligeira.
A pedido do Rei, Nobre a ele se juntou,
Que sempre cobiçou a princesa, e maneira
De executar sua teia malfeita o tal armou:
João se distraiu, ele o pinchou da beira
Da amurada no mar, zonzo, isto se afundou.
Cruzou todo o oceano a bela embarcação;
Na terra de João, deu o Nobre sua versão.

Assim narrou ao pai do traído De Calais:
– O vosso filho, o bom Dom João, está morto,
Por peixes ele foi comido, certo é:
Quando se achava lá distraído e absorto,
Caiu no mar, e não valeram busca e fé.
O povo soube a má notícia já no porto,
A tristeza tomou conta de toda a Corte,
Era um lamento só com a trágica morte.

O infiel apanhou o menino e a princesa
Pra ir-se com rapidez, era o que mais queria.
Partiria antes que soubessem da torpeza,
E na Sicília cos dois logo chegaria.
Assim arrumou tudo e, coa mor ligeireza,
Muntou na nau, zarpou veloz quanto podia.
Quanto ao afogamento, o bravo Capitão
Conseguiu retornar à tona vivo e são.

Noite e dia sem parar se manteve nadando
Até que enfim chegou em uma ilha vazia,
Deserta de verdade, agarrou procurando,
Porém, não encontrando o meio que o salvaria,
Sobrevivia só todo o tempo campeando
Raízes e caçando os bichos que ali havia.
Foi ficando nuzinho e a roupa desgrenhava,
Buscava uma saída e nunca que encontrava.

Esquecido por Deus em tal lugar, não via
Nenhuma salvação, sua procura só dava
Em nada sempre e sempre, e quase desistia.
Isto vinha que vinha uma nau que singrava
Por ali, ele corria voando pra praia fria,
Sinais fazia, fogueira acendia, acenava,
Mas, porém, ninguém via, para seu sofrimento,
A mensagem, largando-o no seu banimento.

A comitiva, nesse ínterim, já estava
Na Sicília. O Rei deu muitas graças à sorte
Por ver a filha sã e forte, que voltava
Com seu neto pra casa e de-novo pra Corte.
Porém, tinha também tristeza, que escutava
E panteava tão do genro a dura morte.
O tal Nobre mau, logo assim que deu, pediu
Lá a mão da princesa e o Rei tal consentiu.

Contra a vontade dela, e mui urgente, marcaram
As bodas, data e tudo, e o vil traidor, e junto
A camarilha sua, todos festa montaram.
Na ilha coisas, porém, se deram, eis o assunto:
De Calais viu um vulto: – Um grande mal lhe armaram,
Este lhe disse, sou a alma do tal defunto,
Que você não deixou insepulto e enterrar
Mandou com bom caixão para eu descansar.

– Saiba que sua esposa amada e mui querida,
Por um boato mau que Vossa Senhoria
Morreu, está no dia de hoje, embora sofrida,
Pra se casar co tal que mui muito a queria.
De Calais sofria dor amarga e muito ardida,
Sentia grande pesar e muito se afligia.
Agarrou derramar lágrimas copiosas
Como nunca se viu iguais tão dolorosas.

Era um lamento só: – Esposa mui prezada,
A minha vida está acabada e perdida
Aqui nesta ilha e não posso le valer nada.
– Pode sim – retrucou a alma reconhecida,
A luta apenas só começou a ser travada
Para salvá-la da má-fé que foi bem urdida.
Feche os olhos e, sem medo e bem confiante,
Nas minhas costas suba e vamos logo avante.

E a alma voou – zum! zum! – suave e serenamente
Cruzou o mar, João ia de mui alegria cheio:
– Abra os olhos, aqui le deixo bem em frente
Do palácio do Rei da Sicília, no meio
Do povo que cá veio, e sumiu derrepente.
De Calais se livrou lá do seu traje feio,
Se aprumou no alfaiate e foi se apresentar
Na Corte e, por direito, a esposa reclamar.

Toda porta, de par em par, pra ele se abriu,
A escadaria subiu, isto se apresentou
Bastante decidido e, valente, pediu
A palavra e, eloquente, daí discursou.
Todo mundo, que atento estava, ali ouviu
Tudo que ele passou e, afinal, completou:
– Depois de sofrer tanto, estou de volta e são.
Deram vivas e foi grande a satisfação.

A princesa isso nem se fala de contente,
O filho, uma alegria só, dava piruetas
No colo de seu pai, novamente presente.
Bem no topo da torre, as vibrantes trombetas
Anunciavam alto e bom som vivamente
A boa-nova do dia e inúmeras retretas
Festejavam com todo o povo, que acorria
Pra praça e que a entupia de festiva alegria.

João de Calais foi, com pompas, proclamado
Rei da Sicília com toda soberania.
Sabem que aconteceu com o Nobre malvado?
Foi condenado a pena infame e deveria
Ser, nos rabos de dois burros, bem amarrado,
Que, enxotados prum lado e outro, em dois se abriria.
Moral da história: – Por tanta maldade assim,
Aquele traidor teve esse tão triste fim.

IMPRESSO NA

GRÁFICA
sumago

sumago gráfica editorial ltda
rua itauna, 789 vila maria
02111-031 são paulo sp
telefax 11 **2955 5636**
sumago@terra.com.br